AF390815

HISTOIRE DE M. GUILLAUME, COCHER

Nouvelle

Écrit par
Comte de Caylus

RETROUVEZ TOUS NOS GRANDS CLASSIQUES ÉROTIQUES

sur www.grandsclassiques.com

PRÉFACE

M. Guillaume au public.

Monsieur le public, vous allez être bien étonné de ce qu'un homme de mon acabit prend la plume en main, pour vous faire participant de bien des drôleries qu'il a vu sur le pavé de Paris, où il peut dire, sans vanité, qu'il a roulé autant qu'un homme du monde qu'il y ait.

Quoique je sois, à cette heure, un bon bourgeois d'auprès de Paris, cela n'empêche pas que je ne me souvienne toujours bien, que j'ai été cocher de place, après de remise, ensuite j'ai mené un petit-maître que j'ai planté là pour les chevaux d'une brave dame, qui m'a fait ce que je suis au jour d'aujourd'hui.

Dans ces quatre conditions-là, j'ai vu bien des choses, comme je vous disais tout-à-l'heure, ce qui fait que je me suis mis à rêver, en moi-même, comment je m'y prendrais pour coucher ça par écrit.

Je n'ai pas bien la plume en main, à cause du fouet d'autrefois qui me l'a corrompu ; mais quand j'aurai écrit ce que j'ai envie d'écrire, je le ferai ré-écrire par un écrivain des charniers, que je connais, du temps que j'étais à la ferronnerie.

Je sais ce que je vais vous dire, pour en avoir vu plus de la moitié de mes propres yeux, moi qui vous parle, quand je menais l'équipage.

Les gens qui vont dans un fiacre, tout partout où ils veulent aller, ne prennent pas garde à lui ; ça fait qu'on ne se cache pas de certaines choses, qu'on ne ferait pas devant le monde.

Mais, comme il y a très-bien de ces affaires-là que je sais, je n'étais pas mal embarrassé par qui commencer, et puis ça aurait fait tout dès d'abord, un trop gros livre. Je me suis avisé, avec l'écrivain duquel je vous ai parlé, qu'il fallait, pour ne pas faire d'embarras, vous en couler quatre l'une après l'autre.

Premièrement, d'abord et d'un ; je commencerai par l'histoire de mamselle Godiche, qui lui est arrivée dans le temps que j'étais à la rue Mazarine, à la Glacière, à Chaillot, avec le fils d'un marchand de l'apport-Paris.

Par après, je vous lâcherai l'affaire de la femme de ce notaire avec un gros commis de la douane, à la foire Saint-Laurent, quand j'étais remisier.

Pour ce qui est de la troisième, ce sera l'histoire de M. le Chevalier Brillantin, qui ne m'a jamais payé mes gages qu'à coups de plat d'épée, pendant que j'ai mené sa diligence.

Et enfin finale, vous aurez celle de Mme Allain, ma bonne maîtresse, qui m'a laissé de quoi vivre, avec M. l'abbé Évrard, duquel elle vit son bec-jaune, comme vous le verrez vous-même à la fin du présent livre.

Par ainsi, ça fera quatre aventures d'amourettes.

Si ceux-là vous plaisent à lire, je vous en détacherai encore d'autres, qui ne seront pas moins chenues.

1
Histoire et aventure de mamselle Godiche la coiffeuse

Comme j'étais un jour de l'après-dîner à attendre le chaland à la Mazarine, voilà que je vois qui vient à moi, une petite jeune demoiselle bien gentille, qui me demande :

— mon ami, qu'est-ce que vous me prendrez pour me mener au pont-tournant ?

— Mamselle, ce lui fis-je, vous êtes raisonnable.

— Oh, point-du-tout, ce fit-elle, je veux faire marché.

— Eh bien, vous me donnerez vingt-quatre sols, la pièce toute ronde…

— Oui-dà, qu'il est gentil avec ses vingt-quatre sols ! Il n'y a qu'un pas. Je vous en donnerai douze : tenez, j'en mettrai quinze ; si vous ne voulez pas, je prendrai une brouette…

— Allons, Mamselle, montez. Vous donnerez de quoi boire… oh, pour cela non, ne vous y attendez pas : c'est bien assez… eh mais ! Dites donc, l'homme, tirez vos vitres, il fait tout plein de vent (il ne soufflait pas), cela me défriserait ; et ma tante croirait que j'ai été je ne sais où. Je tire mes glaces de bois, et nous voilà partis.

Tout vis-à-vis des théatins, v'là-t-il pas qu'une glace tombe dans la coulisse de la portière, et j'entends :

— Cocher, cocher, relevez donc votre machine qui est tombée !

Pendant que je la relève, il passe par-là un petit Monsieur, qui regarde dans ma voiture, et qui dit tout d'abord :

— Ha ! ha ! C'est Mamselle Godiche ! Eh, mon Dieu ! Où allez-vous donc comme cela toute seule ?

— Monsieur, je vais où je vais, ce n'est pas là vos affaires, répondit-elle.

— Ah ! Pour cela, reprit-il, vous avez raison ; mais vous sentez fort, mademoiselle, qu'une demoiselle comme vous, qui va dans un fiacre l'après-midi, toute seule, ne va pas coiffer des dames à cette heure.

— C'est ce qui vous trompe, M Gallonnet, répliqua Godiche ; et cela est si vrai, que voilà un bonnet que je ne fais que de monter, pour le porter à une dame, pour aller au paradis de l'opéra.

À la vérité, la petite futée tire de dedans sa robe un es-coffion qui était dessous ; et le Monsieur le voyant, tire une révérence en riant, et s'en va.

— Pour cela, dit Mlle Godiche, après qu'il fut parti, les hommes sont bien curieux ! Aussi pourquoi votre chose ne ferme-t-elle pas bien ? C'est le fils d'un tailleur de notre mon-tée, qui ne va pas manquer de l'aller dire partout. C'est la plus mauvaise langue du quartier, et ses bégueules de sœurs aussi : parce qu'on se met un peu plus proprement qu'eux tous, il semble qu'on soit une je ne sais qui. Il faut que je sois bien mal-heureuse de l'avoir rencontré là ! Tenez, voilà vos quinze sols ; je ne veux plus aller dans votre vilain carrosse. Ah, mon dieu ! Qu'est-ce qu'on va dire ? Si ma tante sait cela, je suis perdue ! Eh bien, vous voilà comme une bûche de bois, me dit-elle, à moi qui l'écoutais sans mot dire, allez donc où je vous ai dit, il en arrivera ce qui pourra : il faut bien que je porte ma coiffure, une fois ; cette dame m'attend : dépêchez-vous donc.

Nous voilà allés. Nous arrivons au pont-tournant, où il n'y avait non plus de dame à sa toilette, que dans le creux de ma main. Mamselle Godiche regarde à droite, à gauche, et tout partout. À la fin, elle me dit, mon ami, voulez-vous que je reste dans votre carrosse, jusqu'à ce qu'un de mes cousins, qui doit me mener quelque part, quand j'aurai été chez cette dame, soit venu ? Je vous donnerai quelque chose pour cela. Volontiers, lui dis-je, mademoiselle, car j'avais pris de l'affection pour elle ; et puis j'étais bien aise de voir son cousin, que je me doutais bien qui ne l'était pas plus que moi.

Au bout d'un gros quart d'heure, je vois venir un grand jeune homme, qui vient dar, dar, du côté de la porte Saint-Honoré. Je le montre à mamselle Godiche :

— N'est-ce pas là votre cousin ?

— Eh, oui vraiment ! Appelez-le, car il ne sait pas que je suis en carrosse.

Je cours après le cousin, qui s'en allait enfiler le chemin de Chaillot ; et je lui dis :

— Monsieur, il y a là Mamselle votre cousine Godiche qui voudrait vous parler un mot.

Aussitôt après m'avoir dit grand merci, il s'en court à mon carrosse, monte dedans, et voilà mes gens à chuchoter comme des pies-borgnesses, pendant longtemps. À la fin ils me disent, que je les mène dans quelque bon cabaret de ma connaissance ; et que je serai bien content d'eux, si je veux les attendre pour les ramener à Paris, quand ils auront mangé une salade. En même temps le Monsieur, pour me faire voir que c'est de bon franc jeu, me coule dans la main une roue de derrière, à compte.

Je leur proposai de les mener chez la veuve Trophée, à l'entrée du cours ; mais ils trouvèrent que c'était trop près du soleil. Je leur parlai ensuite de la Glacière à Chaillot, ou de Mme Liard au roule ; mais ils aimèrent mieux la Glacière, où je les débarqua, en peu de temps.

Comme je me doutais bien du cousinage que c'était, je fis signe à la maîtresse, qui entend le jars, autant qu'il se puisse ; et elle les fit mettre dans un petit cabinet en bas sur le jardin.

Pour ce qui est de moi, je vous range mon carrosse ; et comme il y avait bien des écots, j'ôte les coussins, que la maîtresse du cabaret va porter dans la chambre où était mon monde, afin que personne ne les prenne.

Au bout d'environ près de deux heures, mamselle Godiche eut envie de prendre l'air dans le jardin ; son cousin y vint avec elle, et ils se mettent à regarder danser. Pendant ce temps-là, j'étais avec deux de mes amis de ma connaissance, dont il y en a un soldat des petits corps, et nous buvions une pinte de vin, en mangeant le reste d'une fricassée de poulets, que le cousin et la cousine m'avait donnée dans le jardin avec de la salade qui restait, de façon que nous ne faisions pas si mauvaise chère.

Comme nous n'étions pas bien loin de la danse, je vis que

l'on venait prier mamselle Godiche pour un menuet ; ensuite elle prit son cousin, et ils se mettent à danser ensemble fort gentiment.

Dans le temps qu'ils n'y prenaient pas garde, à cause de la danse, voilà M. Galonnet qui arrive avec deux autres, et deux demoiselles. D'abord, une de ces demoiselles lui dit, comme ils passaient auprès de nous, tiens, mon frère, la voilà qui danse avec son amant de l'Aulne. Ah, la petite chienne, répond-il, je m'en suis bien douté ; quand j'aurai bu un coup, j'irai la prier à mon tour.

Ce qui fut dit, fut fait : c'te pauvre mamselle Godiche devint toute blême, et M. De L'Aulne tout pâle, quand M. Galonnet la voulut prendre pour danser, bien poliment le chapeau d'une main, et un gant blanc dans l'autre.

Je voyais bien qu'elle avait envie de le refuser ; mais je vis bien aussi qu'elle n'osait pas, parce qu'elle avait dansé avec un autre, et que ça aurait pu faire du bruit, comme M. Galonnet ne demandait pas mieux, à sa mine, d'autant plus que cela ne se fait pas, parce que c'est un affront qu'on boit en plein cabaret.

Avec tout cela, elle danse ni plus ni moins que si elle avait été bien aise. Et pour faire voir à M. Galonnet qu'elle ne se souciait guère de lui, elle reprit M De L'Aulne, au lieu d'un de ceux qui étaient arrivés avec lui, qui étaient deux garçons tailleurs ; comme ça se pratique envers les nouveaux venus, qui n'ont pas encore dansé.

Les demoiselles qui étaient venues avec M. Galonnet, dont

l'une, qui avait le visage comme un verre à bière, était sa sœur, et l'autre qui était bancale, s'étaient mises à une table auprès de la nôtre. Et j'entendais que la grêlée disait, en parlant de mamselle Godiche :

— Pour cela, il faut que cette petite créature-là soit bien effrontée, de venir toute seule avec son amant dans un cabaret ; je n'y viendrais pas moi, pour je ne sais pas quoi, devant tout le monde, comme elle fait.

— Oh, dam', dit la bancale, c'est qu'elle est bien aise de faire voir sa belle robe de satin sur fil, qui, je crois, ne lui coûte guère :

— Bon, répond l'autre, je parie que c'est ce nigaud de De L'Aulne, qui aura volé cela chez son père. Il voulait autrefois m'en conter ; mais il a bien vu qu'il n'avait pas affaire à une godiche ; en vérité, il convient bien à une petite souillon comme elle, de porter une robe garnie avec un mantelet à cocluchon. Je n'en porte pas moi : et si, je suis pourtant fille d'un maître tailleur, qui est le principal locataire de notre maison ; et puis, avec ce que je gagne de ma couture, il ne tiendrait qu'à moi d'en avoir si je voulais ; mais c'est qu'il n'y a que ces gens-là d'heureux ; mon cher père a bien envie de mettre tout ce train-là dehors, aussi-bien sa tante ne paye pas trop bien son terme.

Oh mais, tiens, regarde donc Gogo, dit-elle tout de suite, comme elle se déhanche en dansant ! Ne dirait-on pas d'une fille d'opéra ? Ah ! Pour cela, dit l'autre, je serais bien fâchée de danser comme elle ; tu sais bien, Babet, la dernière fois que nous étions au gros caillou : eh bien ! Est-ce que je dansais avec des contorsions pareilles ? Et si pourtant je n'ai jamais appris :

— Pour moi, dit Babet, défunt ma chère mère m'a fait apprendre, pendant plus de trois mois, par le maître de ballets de M. Colin, de la foire, à qui l'on donnait vraiment, trente bons sols par mois, en arrière de mon cher père ; on lui disait que c'était un ami de mon frère qui nous montrait pour rien.

Ce Monsieur-là nous faisait entrer quelquefois les fêtes et les dimanches, dans le jeu de M. Colin, qu'il ne nous en coûtait rien, à ma sœur Gotton et à moi ; et bien, il y avait là des filles qui dansaient tout comme Godiche, sur le théâtre. Fi, que c'est vilain pour une honnête fille ! Aussi je regarde cela comme la boue de mes souliers. Va, va, n'aie pas peur que je la salue jamais la première.

— Oh mais, dit Gogo, pendant que Babet reprenait son vent, c'est que, comme elle est un peu gentille, cela s'imagine...

— Qu'appelez-vous donc, gentille, Mamselle, reprit vîtement Babet, au risque d'étouffer ? Pardi ! Tu es encore une belle connaisseuse de chat ! Est-ce parce qu'elle a de grands yeux noirs ? Oh, c'est que tu n'as pas vu qu'on dirait qu'elle louche. Si je voulais mettre de la petite boîte, est-ce que je n'aurais pas de la couleur comme elle ? Tiens, Gogo, ne me parle pas de ces petits nés retroussés ; et puis, elle se pince toujours la bouche, sans cela serait-elle si petite ? Godiche n'est pas mal faite, faut tout dire ; mais elle n'est pas si grande que moi. As-tu vu comme elle s'habille court ? Oh, voilà ce que je ne saurais souffrir, dit brusquement la bancale, rien n'est plus vilain. Est-ce que tu ne vois pas que c'est pour faire voir ses fuseaux de jambes, reprit Babet ; et un pied, qu'on croirait qu'elle va tomber à chaque bout de champ ?

— Tout cela est vrai, dit Gogo, qui y allait plus à la franquette ; mais cela n'empêche pas que les messieurs ne lui fassent les yeux doux. Et puis elle a peut-être de l'esprit ? Ah ! C'est là où je t'attends, avec ton esprit ; ce n'est qu'une étourdie, et sans quelques petits mots de broustilles que ces vilains hommes aiment à entendre dire à une fille, elle serait plus bête qu'un pot, qu'une cruche.

— Oh ! Je t'assure qu'avec toute ma grêle, je ne me donnerais pas pour elle, ajouta Babet, en se redressant dans son corps ; et puis tout de suite : mon dieu ! Peut-on être décolletée comme cela ? C'est pour faire voir sa belle carcasse, je serais bien fâchée de me débrailler comme elle ; et si, sans vanité… mais ne parlons plus de cette petite bégueule-là, j'aurais pourtant bien envie de lui dire son fait.

mamselle Godiche ayant dansé tout son bien aise, s'en allait avec M. De L'Aulne dans leur chambre ; mais il fallait passer par-devant Babet, qui, pour commencer la dispute qu'elle voulait lui chercher, lui dit, en passant, et si pourtant elle ne voulait pas la saluer la première :

— Bonjour, Mamselle Godiche, comment vous portez-vous ? …

— À votre service, Mamselle Babet… vous voilà donc ici ?… vous voyez, Mamselle, tout aussi-bien que vous… j'en suis bien aise… cela me fait plaisir.

— Vous avez là une robe d'un joli goût, dit la couturière ;

et la vôtre, répond la coiffeuse, elle me paraît bien choisie. N'est-ce pas de ces petites étoffes à cinquante sols ? Pour moi, la mienne me coûte trois livres cinq sols, et à bien marchander encore… oh dam', tout le monde ne peut pas en avoir de si belles que mamselle Godiche, dit Babet, en riant du bout des dents, comme saint Médard. J'en fais faire une de taffetas ; si vous n'aviez pas eu tant d'ouvrage, Mamselle Galonnet, je vous l'aurais donnée à faire… oh ! Je ne suis pas assez fameuse couturière pour une demoiselle comme vous… bon, vous vous voulez badiner ; puisque je monte vos bonnets, vous pouvez bien faire mes robes… vous ne m'en avez guère monté, toujours… cela vous plaît à dire, à telles enseignes, que vous m'en devez encore deux ou trois… moi, je vous dois des montures de bonnets ? Allez, allez, Mamselle, songez plutôt à payer à mon cher père, votre terme de sept livres dix sols… cela sera à compte, Mamselle, cela sera à compte… vous feriez bien mieux de payer vos dettes, que de porter la robe garnie, et le mantelet… allez, Mamselle, ce n'est pas à vos dépens… vraiment, si on ne vous en donnait pas, où les prendriez-vous ? Ce n'est pas à monter des bonnets qu'on gagne tant… c'est que vous n'avez pas assez de mérite pour en gagner… je serais bien fâchée de l'avoir comme vous, bonne petite hardie !… C'est vous qui êtes une effrontée.

Ma bourgeoise n'eut pas plutôt lâché la parole, que Babet Galonnet qui la trouva tout juste au bout de son bras, vous lui couvrit la joue d'une giroflée à cinq feuilles, qui claqua comme mon fouet.

Tout le monde qui était là, nous demeurons comme des statues ; il n'y eut que M. De L'Aulne, qui dit à Babet :

— En vérité, Mamselle, ce que vous faites-là ne se fait pas, et si ce n'était que vous êtes une fille, je vous ferais bien voir... que vous êtes sot, mon petit

— Monsieur, répondit la couturière ; allez, allez, j'avertirai votre père que vous le volez pour dépenser votre argent avec des créatures.

Jusque-là, mamselle Godiche s'en était pris à ses yeux du soufflet de sa joue ; mais quand elle se vit appeler créature, elle montra à la grêlée qu'elle avait la langue bien pendue ; elle se mit à vous lui dégoiser les dix-sept péchés mortels ; en sorte que la couturasse se jette sur elle, lui arrache son morillon plus vite que le vent, et le trépigne aux pieds, dans de l'eau qui était par terre, en sorte qu'il n'était que de boue et de crachat.

Elle veut après lui sauter aux yeux, car je voyais bien qu'elle avait envie de défigurer sa physionomie, qui n'était pas grêlée comme la sienne ; mais M. De L'Aulne se fit égratigner à la place de sa cousine de vendange.

Pendant ce temps-là, le petit Galonnet et ses camarades, avaient quitté une contredanse, pour venir voir ce que c'était ; et comme il vit M. De L'Aulne qui tenait sa sœur par les mains, pendant qu'elle lui donnait des coups de souliers sur les guibons, il se mit dans la tête qu'il la battait, en sorte que pour l'en empêcher, les trois tailleurs se mettent à vous lui rabattre les coutures, pendant que mamselle Godiche faisait des cris de merlusine.

Oh dam' ! Quand je vis cela, je ne fus ni fou, ni étourdi ; je dis à mes amis, ne laissons pas sabouler mes bourgeois. Ils ne demandent pas mieux ; par ainsi, nous tombons sur les mangeurs de prunes, que c'était comme une petite bénédiction.

Notre soldat avait tiré sa guinderelle, l'autre était un rude cannier, et moi, avec mon fouet, nous donnions sur les tronches et les tirelires, pendant qu'ils se défendaient avec les tabourets du jardin. J'avais donné un fier coup du gros bout de mon fouet sur les apôtres, à un qui voulait me prendre par les douillets ; mais je vous le plaque à plate-terre, comme une grenouille, qui ne remuait ni pied ni patte.

Enfin finale pourtant, on nous sépare à la fin, et qui eût l'œil poché au beurre noir, c'était pour son compte.

Pendant la batterie, mon bourgeois et ma bourgeoise étaient retournés dans leur chambre, où nous allons leur dire, qu'ils ne craignent rien, parce que nous sommes bons pour tous les piquepoux.

Mamselle Godiche pleurait, comme si elle avait perdu tous ses parents, et son cousin la consolait.

Il nous fit avaler plus de la moitié d'une bouteille à quinze, qui n'en valait pas six, comme c'est la coutume.

Il n'y avait pas moyen que mamselle Godiche pût remettre son tortillon, qui n'était que de boue ; mais elle s'atintela bien proprement avec celui de cette dame du pont-tournant, en sorte qu'il n'y paraissait pas.

Comme elle était toute honteuse, nous attendons que la cohue fut passée, et puis elle avait peur de la grêlée, qui lui avait dit qu'elle n'en était pas encore quitte, et que sa tante le saurait, pas plus tard qu'à ce soir.

Sur les dix heures du soir, je mets mes chevaux et mes coussins, et nous allons grand train dans la rue des cordeliers, où demeurait Godiche. Mes camarades étaient à côté de moi ; puis je ramène M. De L'Aulne à l'apport-Paris, où il me donna encore un gros écu, et vingt-quatre sols pour le rogomme, que nous lavons chez M. De Capelain.

Il y a bien apparence que la tante de mamselle Godiche lui aura chanté le *Te Deon* raboteux ; mais il paraît qu'elle s'est fichée de ça ; car je l'ai vue, depuis, sur le pied français, et je l'ai menée bien souvent avec des plumets galonnés.

Elle m'a bien reconnu depuis ce temps-là ; et j'avais toujours pour boire avec elle ; car quoiqu'elle fût avec des gens du haut style, elle n'en était pas plus fière envers mon égard.

2
Histoire de M. Bordereau, commis
à la douane, avec Mme Minutin

M. Périgord, mon pays, pour qui je menais le carrosse, étant mort, sa veuve se défit de tout, de sorte que me voilà sur le pavé. J'allais me proposer à un de mes amis, qui louait des remises dans la rue des vieux augustins. Comme j'avais un bon habit sur le corps, il me donna un équipage à mener.

J'allais, tous les jours l'après-dîner, prendre M. Bordereau, qui était un des gros de la douane, chez lui, pour le mener tantôt d'un côté, tantôt de l'autre, et presque toujours avec des dames, que ce n'était pas de la guenille.

Un jour, je le mène au bout du cul-de-sac de l'orangerie, d'où il entre dans les tuileries, et nous restons à jaser, son laquais et moi, de choses et d'autres ; et comme il me disait souvent les tenants et aboutissants des maîtresses de son maître, qui en avait tous les jours de nouvelles, je lui demandai s'il connaissait celle que nous venions chercher, et où je la mènerais.

Je n'en sais, ma foi, rien, répondit la Fleur, c'était son nom : tout ce que je sais, c'est qu'il est venu ce matin une espèce de femme-de-chambre qui a été longtemps avec lui, et qui lui a dit, en sortant, que sa maîtresse se trouverait aux tuileries sur les quatre heures du soir.

À peine la Fleur avait-il fini, que nous voyons M. Bordereau avec deux dames qui le suivaient, dont la Fleur en reconnut une, pour la femme-de-chambre de ce matin.

Quand ils sont dans l'équipage, ils ne savent où aller. À la fin pourtant, c'est à la foire Saint-Laurent où je les débarque. Après que le laquais les a conduits dans le jeu de l'opéra-comique, il vient me retrouver ; je me range, et donne mes chevaux à garder ; de-là nous allons tous les deux, nous promener et boire un coup dans la foire.

Quand le jeu est prêt à finir, la Fleur va trouver son maître, et moi mes chevaux ; puis il vient me redire après, que je ne m'impatiente pas, parce que M. Bordereau va souper avec sa compagnie chez Dubois ; je redonne encore mes chevaux à garder, et je vais le retrouver dans ledit endroit, parce que là ce n'est pas la manière que les laquais servent à table.

Nous nous attendions bien, la Fleur et moi, à souper des restes, quand ils seraient au dessert ; mais nous manquâmes de faire des croix de Malte, comme vous allez voir.

Mme Dubois avait mis M. Bordereau et ces dames dans une salle à rideaux au fond du jardin ; on apporte le souper ; et nos gens faisaient bonne chère, quand voilà qu'il arrive un milord d'Angleterre avec Mlle Tonton de l'opéra-comique, une de ses amies, et un bourgeois de leur compagnie vêtu de noir. Tout cela demande aussi à souper, et on les campe dans un petit cabinet vitré, à l'entrée du jardin.

En attendant les restes pour souper, nous nous amusions, la Fleur et moi, à creuser une bouteille de vin sur le compte de notre bourgeois, dans un cabinet auprès de la salle ; et dans ce temps-là M. Bordereau et Mlle Tonton, qui avaient envie de quelque chose, sortent chacun de leur endroit, pour aller dans un coin, de sorte qu'ils se rencontrent nez à nez au beau clair de la lune.

La Fleur m'avait dit, en voyant entrer Mlle Tonton, que son maître l'avait eue de louage ; mais qu'il l'avait quittée, à cause qu'elle le menait un train de chasse.

Mlle Tonton reconnaît tout d'un coup mon bourgeois ; et elle lui dit, de façon que nous l'entendions :

— Ah ! ah ! C'est vous, M. Bordereau ! Eh mais, vous n'êtes pas ici tout seul ? Vous y soupez donc ? C'est fort bien fait à vous ; laquelle de nos sœurs est de la partie ? Car vous êtes un coureur de biches.

— Je n'en connais point, mademoiselle, répond M. Bordereau, depuis que je ne cours plus après vous.

— Vous êtes un insolent, mon gros ami, répliqua l'autre ; et peut s'en faut que, pour payer l'insulte que vous me faites, je ne vous fasse donner une volée de coups de bâton : vous avez donc là quelque faraud ?

Dit M. Bordereau :

— Oui, oui, j'en ai, petit faquin de commis, et tu les vas voir.

Alors elle se mit à crier à pleine tête :

— À moi, milord, à moi ! On m'insulte.

Tout aussitôt voilà le milord, l'autre fille et ce Monsieur, qui accourent pour voir ce que c'est.

— Vengez-nous, milord, dit Tonton, d'un misérable caissier qui ose me traiter comme une malheureuse, et vous comme un gredin.

— Allons donc, milord, allons donc, disait-elle, en le poussant, et voyant qu'il ne se mouvait guère, donnez-lui vingt coups de barre.

— Vous êtes un sot, dit tranquillement l'anglais à M. Bordereau ; il allait s'en aller après cela ; mais Mlle Tonton le retint, en lui disant :

— Comment, milord, est-ce ainsi que vous soutenez la réputation des dames ?

— Que voulez-vous que je fasse, Mamselle, lui dit-il, quand j'aurai coupé son visage à cet homme, vous serez toujours une danseuse de l'opéra-comique.

Tonton allait lui répondre sur le bon ton, quand nous entendons un bacchanale du diable dans la salle, où l'on cassait les bouteilles, les verres, et qu'on faisait voler les plats dans le jardin.

C'était l'habillé de noir qui faisait tapage, à cause qu'il était le mari de la dame de mon bourgeois. On entre comme il donnait des coups de pieds au cul, et des noms qui n'étaient ni beaux, ni honnêtes, à la chambrière de sa femme, qui chiait des yeux dans un coin.

Cette querelle-là fit cesser l'autre. Cela est plaisant, dit Tonton, qui ne pensait plus à son affront ; comment,

M. Minutin, les femmes de notaires courent donc le marché des filles du monde ? Ce mot-là fit élever le mari comme un soupe au lait ; il voulait se jeter sur sa femme ; mais M. et Mme Dubois qui avaient peur du scandale, à cause de la police, se jettent sur lui, et vous le prennent à brasse-corps, qu'il ne pouvait plus que remuer la langue, qui disait les plus belles choses du monde.

À la fin, pourtant, il s'apaise petit-à-petit, parce que Mme Dubois lui remontre en douceur qu'il a tort encore plus que sa femme, qui n'était là que pour la première fois, tandis qu'il y venait tous les jours avec le tiers et le quart.

Pour toute conclusion du bacchanale ; on rapporte du vin, et on fait boire l'homme et la femme pour les rapatrier ensemble. M. Bordereau dit son nom à M. Minutin, et offre de lui faire plaisir à la douane et ailleurs, quand il aura besoin de son coffre-fort :

— Ne prenez point d'ombrage de tout ceci, M. Minutin, dit mon bourgeois ; car, en vérité, il n'y a pas de mal. J'ai vu avant-hier Madame votre épouse, pour la première fois, par hasard, à la comédie ; nous avons parlé de l'opéra-comique, et elle m'a fait l'honneur d'en accepter une partie. J'ai eu toutes les peines du monde à lui faire agréer le souper que vous avez jeté par terre, mais il en faut commander un autre, car apparemment vous avez faim :

— Oh ! Point du tout, Monsieur, dit le notaire ; mais c'est qu'en vérité, si on vient à savoir cela, je suis tout-à-fait perdu dans le corps.

— N'ayez pas peur, allez, Monsieur, dit Mme Dubois, je ferai en sorte que Mlle Tonton et sa camarade n'en parlent point.

Je sais comment je m'y prendrai pour les faire taire ; à l'égard du milord, c'est un baragouineux qu'on ne croira pas, quand une femme comme moi parlera tout au contraire de lui.

Le milord et les deux filles étaient déjà rentrés dans le cabinet, sans s'embarrasser du notaire, quand ils avaient vu que le grabuge s'apaisait ; et Mlle Tonton, qui n'avait non plus de fiel qu'un pigeon, trouvait que le souper de quatre était excellent pour trois.

Le nouveau souper venu, on se mit à table ; et comme il n'y avait plus rien à dire en particulier, la Fleur et moi, on nous fit servir, et c'est-là que s'est fait la conversation et l'accommodement que vous allez voir.

J'avais écrit cela, comme le reste, à ma manière ; mais comme chacun parlait à son tour, cela faisait un embrouillamini de dit-il, répondit-il, répliqua-t-il, ajouta-t-il, continua-t-il ; de façon que je n'y connaissais rien moi-même ; cela m'embarrassait beaucoup ; mais mon écrivain du charnier m'a donné une ouverture pour éviter l'embrouille ; c'est de coucher sur le papier ce discours-là par demandes et par réponses, tout comme quand on vous parle à la comédie ; et c'est ce que je vais faire ; retenez bien seulement qu'ils ne sont que trois qui parlent, parce que la chambrière, la Fleur et moi, nous écoutons sans souffler le mot.

Voilà comme cela a commencé par M. Bordereau.

M. Bordereau :

— En vérité, M. Minutin, je suis charmé d'avoir fait la connaissance d'un homme comme vous, je me ferai toujours un vrai plaisir de vous obliger.

M. Minutin :

— Monsieur, vous me faites bien de l'honneur, j'accepte, de tout mon coeur, vos offres de service. Le temps est si dur, qu'on ne peut se soutenir sans le secours de ses amis, et surtout dans nos charges ; c'est pourquoi nous voyons tant de mes confrères faire la culbute.

M. Bordereau :

— Cela est vrai, au moins ce que vous dites, M. Minutin ; mais aussi on dit que vous le prenez sur un ton si haut…

M. Minutin :

— Comment voulez-vous faire autrement ? Ne faut-il pas soutenir noblesse ? Savez-vous ce qui nous tue ? C'est la dépense de nos femmes.

Mme Minutin :

— Mon petit nez, je ne dois pas être comprise dans le nombre.

M. Minutin :

— Tout comme une autre, Madame Minutin, tout comme une autre.

Mme Minutin :

— Voudriez-vous que j'allasse comme une procureuse.

M. Bordereau :

— Fi donc.

M. Minutin :

— Il faut aller selon son état ; il semble que vous ne vous souveniez plus de ce que nous avons été.

M. Bordereau :

— Je serais bien aise de savoir cela, si cela ne vous faisait point de peine.

M. Minutin :

— Point du tout ; je ne suis point de ces gens qui cachent ce qu'ils ont été, après avoir fait fortune.

M. Bordereau :

— Cela est bien glorieux pour vous. Pardi, contez-nous donc un peu votre histoire, Monsieur Minutin ; je parierais cent pistoles qu'elle nous ferait rire.

M. Minutin :

— À la bonne heure, je vais donc vous exposer…

Mme Minutin :

— Non, non, laissez-moi exposer à Monsieur…

M. Bordereau :

— Oui, je crois que ce sera plus drôle, de la part de Madame.

M. Minutin :

— Il faut donc la laisser jouir de ses privilèges, au désir de la coutume de Paris.

M. Bordereau :

— Je vous aime de cette humeur, M. Minutin… je crois que nous ferons de bonnes affaires ensemble ; car je suis quelquefois un croustilleux corps, tel que vous me voyez. Allons, à nos santés, aussi-bien, c'est trop parler sans boire. Du vin comme de l'eau ? Commencez, Madame, s'il vous plaît ; j'écoute de toutes mes oreilles.

Mme Minutin :

— C'est au hasard que nous devons notre fortune : avant mon mariage, je n'étais qu'une simple grisette, fille de boutique chez une marchande de modes, de la rue Saint-Honoré. J'ai, comme vous voyez, un visage assez mettable ; c'était toute ma ressource.

M. Minutin était alors chancelier de la bazoche.

Fille de boutique et clerc, font volontiers connaissance. À la première vue de Monsieur, l'amour fit évanouir les espérances de fortune que j'avais fondées sur mes attraits. Tous deux libres, et n'ayant à rendre compte de nos actions à personne, nous nous crûmes en droit de disposer pleinement de nous. Je plantai-là ma marchande ; il fit banqueroute à la bazoche, et le Port-à-L'Anglais vit allumer le flambeau de notre hyménée.

M. Bordereau :
— C'était, ma foi, bien s'y prendre.
Mme Minutin :
— Les agréments dont nous étions, pour ainsi dire, pétris l'un et l'autre, ne nous faisaient pas vivre plus à l'aise.
M. Bordereau :
— Cela se peut-il ?
M. Minutin :
— Rien n'est plus certain.
M. Bordereau :
— Si je vous avais connu dans ce temps-là, vous n'auriez pas été si en peine ; je vous aurais fait avoir une belle et bonne

commission ; et vous seriez peut-être comme moi à présent.
Je n'ai pourtant jamais été marié ; mais c'est que je me suis
poussé d'un autre côté.

M. Minutin :

— J'étais trop jaloux de ma femme, pour en faire une ressource ; j'eus recours aux expédients ; quelques-uns me réus-
sirent, d'autres me manquèrent.

Je me fis enfin solliciteur de procès. Un usurier se réfugia
chez moi, avec ses larcins ; je les recueillis l'un et l'autre : on
instruisait le procès du fugitif, quand une voisine babillarde le
décela. La justice se transporta dans mon domicile, s'empara
de l'homme, et me laissa les effets. L'accusé mourut en prison,
et comme, à sa mort, il avait gardé le tacet, je me trouvai habile
à succéder.

M. Bordereau :

— Ah, ah ! Il est bon là ; c'était un modèle de conduite pour
les dépôts.

M. Minutin :

— Ma femme ayant toujours eu de l'ambition, pour la satis-
faire, j'entrai dans le corps brillant des notaires de Paris.

M. Bordereau :

— Que cela est louable !

M. Minutin :

— Oui, mais elle me ruine par une dépense excessive.
Considérez son vêtement ; est-ce celui d'une bourgeoise ?

Mme Minutin :

— Ah ! Je demande réparation pour le corps.

M. Bordereau :

— Bon, on en a bien besoin, est-ce qu'on ne sait pas qu'une notaresse n'est pas une bourgeoise ? D'où venez-vous donc, pour ne pas savoir cela, M. Minutin ?

Mme Minutin :

— Il n'a jamais su tenir son rang.

M. Bordereau :

— Oh ! Notre ami, il ne faut pas se laisser manger la laine sur le dos. Quelque jour je vous conterai un différent que j'ai eu avec un de nos directeurs. Oh, dame ! Je lui fis bien voir, en plein bureau, que son encre n'était pas reluisante : il ne faut pas se jouer à moi ; quand une fois je m'y mets, je ne suis pas tendre.

M. Minutin :

— Ce n'est pas tout-à-fait l'air dont elle se met qui me fait de la peine ; c'est qu'elle voit un certain monde qui ne me plaît pas.

M. Bordereau :

— Ah ! Cela est tout différent.

Mme Minutin :

— Eh ! Mais, mais, M. Minutin, vous n'y pensez pas ; je ne puis me renfermer, ni dans ma famille, ni dans la vôtre ; nous n'en connaissons pas. Je fraye avec les gens de ma volée. M'a-t-on jamais vue, par exemple, vous faire l'affront de me faufiler avec des procureuses, des avocates ?

M. Minutin :

— Je sais que vous ne vous encanaillez pas ; je ne me plains pas des gens que vous voyez ; ce n'est que de la façon de les voir.

M. Bordereau :

— Oh ! C'est autre chose.

Mme Minutin :

— Qu'a donc de répréhensible ma manière d'agir ?

M. Minutin :

— Comptez-vous pour rien, d'aller scandaleusement aux spectacles et aux promenades, avec des mousquetaires et des Abbés ?

M. Bordereau :

— Celui-là est un peu fort.

M. Minutin :

— Paraître en public, avec des gens de cette espèce, c'est vouloir se décrier à plaisir ; et nous sommes solidaires en réputation.

M. Bordereau :

— Il a raison.

M. Minutin :

— Voyez-les au logis, Madame, voyez-les au logis.

M. Bordereau :

— Il y a encore quelque chose à dire à cela ; mais cela viendra avec le temps. Avez-vous encore quelque chose sur l'estomac ?

M. Minutin :

— M. Bordereau, vous êtes mon ami ?

M. Bordereau :

— Touchez-là !

M. Minutin :

— Il faut donc vous ouvrir mon cœur. Je ne suis rien moins
que jaloux ; mais je suis ruiné. J'en impose encore au public
par un faste éblouissant ; mais, dans peu, on me verra donner
du nez en terre.

M. Bordereau :

— Eh bien, mon ami, nous vous soutiendrons.

M. Minutin :

— Je n'aurais pas tout-à-fait besoin du secours de mes amis,
si Madame Minutin voulait associer sa pratique à la mienne.

M. Bordereau :

— Ah ! Ah ! Est-ce qu'on passe aussi des actes par-devant
Madame ?

Mme Minutin :

— Que voulez-vous dire ?

M. Minutin :

— Vous m'entendez : votre pension ne peut suffire pour
vos plaisirs et vos habits ; il faut bien qu'il vous vienne de
l'argent de quelqu'autre part.

Mme Minutin :

— Mais je gagne beaucoup au jeu.

M. Bordereau :

— Cela se peut sans miracle.

M. Minutin :

— D'accord : mais quand la femme donne à jouer, il ne
reste ordinairement au mari, que les vieilles cartes et les cor-
nets.

M. Bordereau :

— Ne parlons pas de cela.

M. Minutin :

— Tenez, Madame Minutin, je ne suis plus jeune ; et, à certain âge, on se défait de beaucoup de préjugés, faisons bourse
commune : mettez le produit de vos actes dans l'esquipot .

Mme Minutin :

— Mais, Monsieur Minutin…

M. Bordereau :

— Vous y perdriez, peut-être, il faut que l'étude du premier
étage aille mieux que celle du rez-de-chaussée. On peut trouver une façon de vous accorder ; rapportez en caisse le produit
de deux études, et M. Minutin fera la dépense de la maison.

M. Minutin :

— Il n'est rien que je ne fasse pour soutenir l'honneur du
corps. Y consentez-vous, ma femme ?

Mme Minutin :

— Soit.

M. Minutin :

— Ah ! Que je vais bien morguer mes confrères.

M. Bordereau :

— N'allez pas garder minute de cet acte-là, au moins. Pour
peu qu'une bourgeoise fût passable, elle aurait bien l'ambition de parvenir aux honneurs du tabellionnat. Au reste,
M. Minutin, mon ami, comptez toujours sur moi. Il faut qu'au
premier jour j'aille sans façon manger votre gigot.

M. Minutin :

— Nous ne vous ferons pas l'affront de vous faire manger

avec les clercs.

Quand tout fut arrangé, de la manière que je viens de le dire, il était une heure après minuit, ce qui fit que M. Bordereau demanda la carte, qu'il paya tout de suite sans marchander ; Mme Dubois lui demanda si c'était lui ou ce Monsieur qui payerait les débris des bouteilles, des verres et des assiettes cassées.

Plaisante gueuserie, dit M. Bordereau, pour en aller étourdir la tête de cet honnête homme. Combien faut-il pour tout cela ? En conscience, répondit Mme Dubois, cela vaudrait cinquante francs pour un autre ; mais, comme c'est vous qui payez, je me contenterai de deux louis, et c'est le prix courant ; vous concevez bien que je ne gagne rien là-dessus.

M. Bordereau allonge deux louis, on monte dans l'équipage, et je ramène tout le monde, chacun chez eux.

Depuis, j'ai souvent mené Mme Minutin et M. Bordereau, à sa petite maison au faubourg Saint-Antoine, où M. Minutin venait les trouver le soir, jusqu'à ce qu'un beau matin, mon bourgeois fît un trou à la lune, dont il a emporté à mon maître près d'un mois de louage de son remise, et ce qu'il me donnait pour boire.

Je crois que M. Minutin l'est allé trouver, car il a déménagé sa boutique, si tellement, qu'il n'y a laissé que des paperasses.

3
Histoire des bonnes fortunes de
M. le Chevalier Brillantin

Un de mes amis, qui était cocher bourgeois, me proposa un jour d'entrer au service de M. le Chevalier Brillantin, pour mener sa diligence ; et je donnai là-dedans, parce que je ne savais pas ce qu'en vaut l'aune. C'est la plus fichue condition qu'on puisse imaginer.

Je me souviendrai toujours qu'un matin, qu'il y avait tout plein de créanciers dans son antichambre, il donna des coups de bâton aux uns, des coups de pied dans le cul aux autres ; de façon que, comme par son commandement, j'avais aidé à les mettre dehors, ils se mirent cinq ou six après moi, dans la rue, où ils m'équipèrent en enfant de bonne maison ; cela fit, qu'avec les coups de plat d'épée qu'il me donnait en particulier, je le laissai-là ; et puis, affûte-toi, mène les chevaux qui voudra.

Dans les commencements que j'étais à son service, je ne savais pas encore le trantran de son allure ; c'est pourquoi, une fois qu'il sortait de l'opéra, et qu'il y avait bien du monde à la porte, il me dit tout haut : chez la marquise.

Quelle marquise, lui dis-je ; chez la marquise où j'ai dîné, répondit-il ; ah ! Celui fis-je, dans la rue de la Huchette, je sais où c'est. Cette réponse fit rire tout ce qui était là ; et si pourtant, on ne savait pas que c'était une couturière : ça n'importe, en descendant du carrosse il me promit vingt coups de bâton, quand nous serions à la maison ; je ne les ai pas comptés, mais si je l'avais laissé faire, du train qu'il y allait… la peste… mais ça m'apprit à vivre. Le lendemain, le valet-de-chambre et le laquais me dirent son allure, et je n'y fus plus attrapé.

M. le Chevalier avait trois ou quatre femelles, tant coiffeuses, que couturières et autres, dont il faisait des marquises et des comtesses dans le monde ; leurs appartements étaient toujours au quatrième étage. Il n'y a pas de tapissier qui sache mieux meubler une chambre que lui, et à peu de frais.

D'une tapisserie de l'histoire de Bergame, il vous en fait une haute-lisse ; et de chaises de paille, des fauteuils de damas ; les habits et les diamants ne lui coûtent pas plus : on peut dire que c'est un bel instrument que sa langue.

Du reste il en fait croire à tout le monde, et quelquefois il joue des jeux si drôles, qu'on ne peut pas s'empêcher de rire ; vous allez voir.

Un soir qu'il soupait au faubourg Saint-Germain, avec plusieurs de ses amis, la Roche, son valet-de-chambre, va l'avertir, au milieu du souper, que je suis en bas avec son petit carrosse gris et ses chevaux de nuit. Aussitôt il dit tout bas, que toute la table l'entendit, à un de ces messieurs, qu'il va à un rendez-vous, et qu'ils n'ont qu'à toujours se réjouir, en l'attendant, parce qu'une petite heure fera son affaire.

Il monte, en me disant : au Marais, à toutes jambes ; et je le mène à l'ordinaire, grand train ; mais il me fait arrêter au bout de la rue, pour me dire d'aller, au pas, à la place aux veaux.

Quand nous y sommes arrivés, il descend pour regarder de quel côté venait le vent ; moi, je ne savais ce que cela voulait dire ; comme il vit qu'il ne ventait pas, il se mit à tamponner toute sa frisure, à se peigner avec ses doigts ; en un mot, à s'ébouriffer tout au mieux ; après il se déboutonne, puis se reboutonne tout de travers ; il déroule ses bas, chiffonne ses manchettes, ôte le bouton d'une ; se mit du rouge au bout du nez, arrache sa mouche du front, se marche sur les pieds ; enfin, il se met, comme en revenant du pillage.

Quand cette farce-là eut duré environ une demi-heure, il remonte et m'ordonne d'aller doucement jusqu'à cent pas de la maison où étaient ces messieurs, et d'entrer dans la cour à toute bride. Son laquais, la France, m'a dit, qu'il était arrivé dans la chambre tout essoufflé, et qu'il avait dit à ses amis, que ça n'avait pas été sans bien de la peine, comme il y paraissait, qu'il était venu à bout de la petite duchesse.

Il a fait cent tours pareils, qu'on prenait pour argent comptant ; mais il lui arriva, une fois, une vilaine catastrophe avec une vraie présidente de campagne ; c'est la bonne fortune la plus relevée qu'il ait eue, si tant est qu'on veuille l'appeler bonne fortune, à cause de la façon dont cela tourna. Si elle avait bien fini, M. le Chevalier n'aurait pas manqué de s'en vanter ; et puisqu'il faisait de ses couturières des duchesses, il aurait fait de Madame la présidente, au moins une impératrice.

Après tout, c'était aussi belle catin que beau robin, car Madame la présidente lui ressemblait presque pour les façons. Elle avait été quelquefois à la cour, quand tout le monde y va voir jouer les eaux à la Saint-Louis, et à la procession des cordons bleus. Avec ça que comme elle avait vu des duchesses de condition, et autres, à l'opéra, ou ailleurs, elle en avait pris les manières aisées.

Ils se faisaient donc croire tous les deux, que des vessies étaient des lanternes ; en sorte que Madame la présidente, promit de venir souper, un soir, à la petite maison de M. le Chevalier : elle aurait bien voulu que ç'eût été à la sienne, à elle-même, car elle était outillée de tout ce qu'il faut pour les rendez-vous : mais elle l'avait prêtée à une de ses amies, qui faisait comme si elle avait été à elle.

Madame la présidente arriva la première, comme cela se pratique aujourd'hui ; et quand M. le Chevalier fut venu, ils se mettent à souper tête-à-tête, comme des fourbisseurs. Pour moi, après avoir bu deux coups d'une main, et autant de l'autre, je vais chercher à roupiller un somme, dans le jardin, à la belle étoile.

Il y avait près d'une heure que je tapais de l'œil au mieux, quand je m'entends réveiller par deux voix qui parlaient auprès de moi ; on voyait clair comme dans un four ; mais je reconnus bien la parole de M. le Chevalier, qui assurait Madame la présidente, qu'il n'avait aimé personne comme elle. Chevalier, lui répondait-on, vous hasardez beaucoup ; un homme aussi

répandu que vous l'êtes, a dû ressentir de grandes passions :
il est vrai, reprenait mon maître, et je ne suis pas assez sot
pour en disconvenir ; mais je vous jure, en honneur, que je
n'ai jamais été aussi vivement amoureux que je le suis à cette
heure : et voilà justement, dit la présidente, cette vivacité que
j'appréhende ; vous n'ignorez pas, Chevalier, que je suis veuve,
et encore assez jeune pour appréhender de compromettre ma
réputation. Je vous jure, reprenait mon maître, qu'elle ne court
aucun risque avec moi, et que je saurai la ménager. Allons, ma
reine, plus de résistance ; rendez-vous aux empressements du
plus amoureux de tous les hommes.

La conversation finit là, pour un petit bout de temps ; car,
un moment après, Madame la présidente dit, à moitié bas :
eh, mais, Chevalier, vous n'y pensez pas ? Vous me prenez
apparemment pour une grisette... Vous n'avez nulle consi-
dération... ôtez-vous, cela est horrible... c'est malgré moi,
je vous assure... vous m'assommez... vous aviez bien raison
de dire que ma réputation ne courrait point des risques avec
vous... retournez d'où vous venez... vous êtes un insolent...
on n'en use pas ainsi avec une femme de ma qualité.

Je m'aperçus bien que la présidente s'était dépêtrée de M. le
Chevalier, car elle demanda son carrosse, et, malgré tout ce
que pût faire mon maître, elle monta dedans, et le laissa là avec
sa courte honte.

Cette affaire-là lui fit bien de la peine ; et comme il avait,
outre cela, besoin d'argent, nous allâmes auprès d'Orléans, où

il avait des lettres pour en ramasser. Il y avait dans le village une jeune fille, fort jolie, qui avait demeuré à Paris fort longtemps, avec sa marraine, qui l'avait prise en amitié auprès d'elle ; mais comme elle était venue à mourir, Javotte était retournée avec sa mère, pour rester dans le pays, ce qui ne lui plaisait guère.

La Roche, qui était au fait de la commission, tourne-virait cette jeunesse, pour la faire tomber dans les filets de son maître ; il lui avait fait croire, que si elle voulait l'épouser en mariage, il demanderait son congé de valet-de-chambre, pour être concierge du château, ou pour aller vivre à Paris à louer des chambres garnies.

La fille, qui était futée, aimait mieux l'un que l'autre ; parce qu'à Paris on a une bien meilleure liberté que non pas à la campagne.

Avec tout cela, elle voyait bien qu'il avait peut-être envie de l'attraper, ce qui faisait qu'elle ne croyait pas la moitié de ce qu'il lui disait.

Je voyais bien la manigance de la Roche ; j'avais envie de découvrir, à Javotte, la mèche du panneau où on voulait la faire tomber ; mais j'avais peur aussi, que si cela venait à être su de M. le Chevalier, je lui payerais tôt ou tard. J'étais donc bien embarrassé, comment m'y prendre ; quand, un beau jour que j'étais dans le parc, à faire je ne sais pas quoi, je vis passer la Javotte, et la Roche qui allait après elle ; je les suis à pas de loup, jusqu'à un petit endroit où ils s'assirent sur l'herbe ; je me cache derrière un buisson, d'où j'entends toute leur conversa-

tion, que voilà, comme je l'ai retenue, en propres termes, mot
à mot.

La Roche lui disait, pourquoi ne vouloir pas croire ce que
je vous dis des bontés que mon maître a pour moi ? Il ne me
laissera jamais manquer de rien ; et il me disait encore hier,
que si j'avais le bonheur de vous épouser, il ne prétendait pas
que je me retirasse de son service, comme j'en avais formé le
dessein : le sien est, que vous demeuriez ici, dans le château ;
votre logement est marqué, c'est dans l'aile gauche, du côté du
petit bois, parce qu'il trouve qu'il est nécessaire que je sois logé
auprès de lui, et naturel que vous soyez avec moi. Cependant
nous aurons une chambre séparée, afin de me trouver plus
à portée de mon service, et pour ne pas interrompre votre
repos, quand, par hasard, dans la nuit, il aura besoin de moi.

Ces mesures-là, répondit Javotte, qui voyait bien ce qui en
était, sont bien prises ; je crois que qui les dérangerait, vous
ferait grand dépit. Ce ne serait, répliqua la Roche, que par rapport à M. le Chevalier, qui mérite toutes sortes d'attentions ;
si vous saviez jusqu'où s'étendent ses bontés pour moi, avec
quelle amitié il m'assure qu'il veut travailler à ma fortune…
vous verrez, vous verrez de quel air il s'y prendra ; je suis per-
suadé que vous en serez surprise. Point-du-tout, dit Javotte, je
m'y attends, et que vous la méritez cette fortune, par toutes
vos complaisances ; mais, dites-moi une chose : si je deviens
votre épouse, ne faudra-t-il pas que je fournisse aussi mon
contingent de complaisance ? Je crois vous entendre, répondit
le valet-de-chambre en riant un peu, celle qu'il pourrait exiger

de vous, ne doit vous causer aucune inquiétude par rapport à moi. Et quoique je vous aime chèrement, j'ai trop de bon sens pour donner dans l'erreur commune. Non, non, je ne suis pas assez fat pour me mettre en tête que vous ne puissiez plaire qu'à moi. Un homme serait ridicule de vouloir que sa femme ne fût belle qu'à ses yeux. Ah ! Je vous entends, répondit Javotte, vous seriez homme à vous prêter à certains petits desseins, que M. le Chevalier pourrait avoir sur ma personne. Ayez meilleure opinion de moi, répliqua vîtement la Roche. Cependant je crois qu'on peut, sans pécher contre l'exacte bienséance, ne pas s'arrêter à cent petitesses qui ne valent pas qu'on y pense, et sur lesquelles cependant le commun des maris se gendarme. Je m'explique : je vous suppose mariée ; M. le Chevalier vous a vue ; il sait que vous êtes belle, et il le verra de plus près, quand nous serons unis. Je le connais pour un conteur de fleurettes, et c'est tout. Le bon seigneur n'en demande pas davantage : il vous cajolera sur votre beauté, sur vos agréments, que sais-je, moi ? Sur mille choses, qui le plus souvent échappent à un mari.

Eh bien ! Irai-je sottement me fâcher de ce qu'il est poli, galant ? De ce qu'il vous trouve de son goût ? Ce n'est pas ma faute. Je ne lui ai pas dit, pas fait remarquer. Entre nous, n'aurais-je pas mauvaise grâce de faire le jaloux ? Pour une bagatelle qu'il vous aura dite en passant ? Bagatelle qui, en effet, n'en est qu'une qui ne porte nul coup. Galanterie que vous dira le premier qui vous verra : car ce que je vous dis de lui, je le dis de tout le monde. Les hommes se sont fait une habitude de débiter la fleurette, et les femmes de s'en repaître avidement. Pourquoi s'opposer au torrent ? à un usage établi, et, pour ainsi dire, généralement reçu ? En vérité, mademoiselle, ce serait être ridicule de gaieté de cœur. Si j'en suis cru, je serai le maître, sur cet article, dans mon ménage. C'est-à-dire, répondit Javotte, que vous comptez avoir toute l'autorité, et me faire partager le déshonneur.

Le déshonneur ! Reprit la Roche, expression vague, que chacun interprète à sa manière, et que personne n'entend au juste, pour lui vouloir donner trop d'étendue. Je n'ai pas plus d'esprit qu'un autre ; mais un gros bon sens m'enseigne à faire peu de cas d'une chose d'elle-même si chimérique, qu'étant réalisée, elle ne produit aucun mal effectif. Cependant il y a des gens assez sots pour s'en formaliser, et pour publier les visions qu'enfantent d'autres visions ; plus un homme fait voir clairement qu'il est un sot, moins il passe pour l'être. N'est-ce pas bien entendre ses intérêts ? Quoi ! Parce qu'il a plu à quelques cerveaux creux de rendre les femmes dépositaires de ce qu'on appelle notre honneur, il faut crier au voleur, quand elles le laissent échapper ! On veut que j'aille publiquement demander raison d'un mal, dont je ne me serais jamais plaint, si mon voisin, que la chose n'intéresse point du tout, ne s'avisait pas de s'en formaliser pour moi.

Les maris de votre espèce, dit Javotte, devraient faire imprimer cette morale-là. Pensez-vous, répliqua la Roche, que les femmes eussent tort de contribuer aux frais de l'impression ; elles y ont autant et même plus d'intérêt que nous. Je vais vous le prouver, ajouta-t-il, en retenant Javotte qui voulait s'en aller, si vous voulez me prêter un moment d'attention. Et sans attendre sa réponse, il continua : quand nous vous avons confié la garde de notre honneur, nous savions que vous le défendriez mal ; et par un raffinement de sottise, oui, de sottise, c'est le terme convenable, nous avons mis en œuvre toutes les ruses dont on se servirait contre un ennemi, dont on connaîtrait la vigilance et l'intrépidité. Nous savions bien que vous succomberiez même à de moindres efforts ; mais nous avons voulu nous mettre dans le cas de vous faire les reproches que mérite votre impertinence. Nous faisons bien pis, à la honte de notre sexe plutôt que du vôtre. Quand nous vous avons vaincues, nous vous insultons en indignes vainqueurs : nous nous réjouissons de votre défaite, comme si nous n'y perdions pas plus que vous ; convenez donc, mademoiselle…

En voilà assez, dit Javotte, en s'en allant, je n'en veux pas entendre davantage. La Roche voulait encore la retenir ; mais elle le rabroua de façon, que je vis bien qu'il n'y avait rien à faire pour lui, c'est ce qui me fit prendre la hardiesse de lui proposer de la prendre en mariage pour moi tout seul.

Je n'attendis pas plus tard que le soir même où je la trouvai seule, et tout à la franquette, je lui lâche ce que j'avais sur le cœur à son égard : elle ne me met ni dehors, ni dedans, de façon que j'avais bonne espérance, d'autant plus qu'elle n'était pas à savoir que j'avais quelque chose devant moi à Paris, des profits que j'avais épargnés en menant l'équipage ; de sorte que ça faisait un petit magot bien joli pour une fille qui n'avait rien du tout.

Deux jours après, Mlle Javotte, de sa grâce me dit qu'elle allait bientôt partir pour Paris avec sa mère, pour tâcher de trouver une bonne condition, et que si je veux les aller trouver là, nous parlerons d'affaires.

Ce qui fut dit, fut fait ; le lendemain de leur départ, je me mets à les suivre à beau-pied sans lance, après avoir demandé à M. le Chevalier, de l'argent et mon congé ; il me donna l'un, tout sur le tas, et je cours encore après l'autre.

Ça n'empêche pas que je ne rattrape mes gens à Montlhéry, d'où nous arrivons à Paris, chez une blanchisseuse de ma connaissance, où Mlle Javotte et sa mère furent bien reçues.

Comme on ne trouve pas des conditions, d'aucunes qu'il y a, dans le pas d'un cheval, mamselle Javotte, et sa mère, furent un bout de temps sur mes crochets, que mon saint-frusquin s'en allait petit à petit, je proposa le mariage pour tout de bon ; et comme la mère voyait bien que j'étais le fait de sa fille, ça fut bâti en quinze jours. La belle-mère s'en retourna au pays après la noce ; et moi je trouve la condition duquel je vais vous parler, et où notre femme entra par la suite.

4
Histoire de Mme Allain et de M. l'abbé Évrard

Ce fut tout bonnement et par un cas fortuit du hasard, que j'entrai au service de cette dame.

Comme elle passait un jour sur le pont-neuf, un fiacre accroche son équipage, si tellement fort, que son cocher tombe à bas, sans pouvoir remonter.

Comme j'étais là présent en personne, je m'offre à monter sur le siège, ce qu'elle accepte. Son cocher ne pouvant plus mener depuis sa chute, elle le fit son portier, et moi j'ai pris sa place.

C'était une bien brave dame, veuve sans enfants, de quarante-deux ans environ, qui avait été belle femme, et qui en avait encore de beaux restes.

Il y avait dans la maison, M. l'abbé Évrard, qui conduisait tout. Il était gras comme un moine, et cependant il ne mangeait guère que des petits pieds ; son visage était frais et vermeil comme une rose, à cause du bon vin de Bourgogne qu'il buvait, pour fortifier son estomac contre le bréviaire ; il n'y avait jamais sur son habit, ni sur son chapeau de castor, la moindre petite ordure. Ah ! C'était un homme bien propre ! Tout d'abord que je le vis, je le pris en amitié, car il avait l'air d'un luron ; mais j'ai bien trouvé à déchanter par la suite.

Quand on est nouveau venu dans une maison, on n'en fait pas le trantran ; cela fit qu'un jour je payai du vin au portier, dont j'avais pris les chevaux, pour afin qu'il m'instruise de tous les tenants et aboutissants.

Il me dit donc, que Mme Allain, c'était notre maîtresse, était la meilleure femme du monde, quand on ne la contrariait point ; parce que monsieur l'abbé lui avait appris, qu'il ne fallait pas qu'un domestique dise non, quand le maître dit oui ; quand même le bourgeois aurait tort, parce que le valet est un impertinent, quand il a plus de raison que son maître.

Pour ce qui est d'à-l'égard de monsieur l'abbé, qu'il était, comme je le voyais bien par mes yeux, un gros compère qui avait tant d'esprit, qu'il n'y avait que Madame qui pût entendre quelque chose à ses discours ; il en faisait à toute la maison, en manière de prône ou de sermon, les dimanches et fêtes, plutôt que d'aller à la paroisse, parce que M. Évrard disait, que les prêtres de là ne savaient pas la bonne religion comme il faut.

Que Mme Barbe, la gouvernante autrefois de Mme Allain, ne faisait presque plus rien dans la maison, à cause qu'elle était vieille, que de porter tous les matins un bouillon à M. Évrard, et de lui faire son chocolat, quand il était levé, et son café de l'après-dîner ; et que Madame ne voulait pas qu'elle fît œuvre de ses dix doigts, que pour son service à lui.

Que Mlle Douceur, la fille de chambre, faisait tout ce qu'il fallait aux environs de Madame, excepté de bassiner le lit de monsieur l'abbé, l'hiver, qu'il faisait froid, et de lui mettre ses moines à côté de ses jambes, et sa boule d'étain pleine d'eau chaude aux pieds, quand il était dans le lit.

Que M. Coulis, le cuisinier, avait ordre de faire tout de son mieux en fricassées, et surtout en soupe ; parce que monsieur l'abbé disait, à chaque bout de champ, que le bon potage faisait le bon estomac.

Qu'il n'y avait pas pour le présent d'officier en confitures, à cause qu'on avait renvoyé le dernier qui ne faisait pas son métier, comme M. Évrard le voulait, qui s'y connaissait mieux que lui. On en avait mandé un de Tours et un de Rouen, pour voir à qui ferait le mieux des deux.

Enfin finale, qu'il fallait que tout le monde obéît à monsieur l'abbé, qui n'en faisait qu'à sa tête, comme les bonnetiers, dans la maison où il était maître de tout, jusqu'à manier l'argent de la daronne, sans compte ni mesure.

Quand je fus bien instruit de tout cela, je m'arrange là-dessus, de façon que j'obéissais plutôt à Monsieur qu'à Madame.

Malgré tout cela, je manquai pourtant d'en sortir.

Un jour que j'avais un peu viné, j'avais mené M. Évrard, pour prendre l'air, dans les allées de Vincennes. En revenant, comme je voulais passer plutôt qu'un autre à la porte Saint-Antoine, nous accrochons tous les deux, pas bien fort pourtant, mais assez pour réveiller monsieur l'abbé qui sommeillait dans le carrosse.

Il ne fut pas plutôt arrivé à la maison, qu'il alla dire à Madame, que j'étais un brutal qui ne savais pas mener ; et qu'il fallait en prendre un plus doux.

Moi, qui ne savais rien de rien, je fus bien étonné, quand Madame me fait appeler, pour me signifier qu'il faut que je fasse mon paquet pour le lendemain, qu'elle prendra un autre cocher.

Je ne pus m'empêcher de demander la raison pourquoi ? Et monsieur l'abbé me répond, que c'est pour m'apprendre à ne pas accrocher, au risque de faire tuer le monde, à cause que je suis un ivrogne qui put le vin d'une lieue.

J'étais fâché de sortir pour un si chétif sujet ; mais enfin, on ne reste pas chez le monde malgré eux. Le lendemain, comme je vais pour monter à l'appartement de monsieur l'abbé, et recevoir mon argent, voilà ma femme qui vient m'apporter du linge à rechanger, et je lui conte mon histoire dans la cour, que M. Évrard nous voyait par la fenêtre.

Mme Guillaume se mit à pleurer de me voir sur le pavé ; moi je la console de mon mieux, et je vais chez M. Évrard pour toucher mes noyaux.

Mon compte était tout prêt. Comme je mettais mon poussier dans ma poche, monsieur l'abbé me fait la grâce de me dire :

— Quelle est cette jeune femme à qui vous parliez dans la cour ?

— Monsieur, vas-je lui répondre, c'est la mienne.

— Vous êtes donc marié, ce fit-il ?

— Oui, Monsieur ; vous n'êtes pas à le savoir, lui fis-je.

— Oh ! Cela change la thèse, il faut avoir de la commisé-ration pour les gens qui ont de la famille. Combien avez-vous d'enfants ?

— Celui ou celle qui va venir, lui répondis-je, ce sera le premier.

— C'est une raison de plus qui engage ma charité à deman-der grâce pour vous, dit-il ; l'état dans lequel se trouve votre femme, et la misère, où vous vous verriez, peut-être, bientôt plongé, étant sans condition, me font oublier vos sottises : allez, retournez à votre devoir, j'obtiendrai votre pardon ; votre femme demeure-t-elle dans le quartier ?

— Tout au contraire, Monsieur, lui répondis-je ; elle est vraiment bien loin : mais, continua-t-il, elle doit être fatiguée de venir de si loin ? Je crois qu'il y a, ici-dessus, une petite chambre où l'on pourrait la loger ; elle sera plus à portée des secours que son état exige. La charité de Mme Allain s'étend sur toutes sortes de sujets indistinctement ; mais il est naturel que ses domestiques soient préférés : je vais lui demander le logement de votre femme, faites toujours apporter ses petits meubles, en attendant.

Je demeurai si ébaubi, en voyant tant de bonté, que je restai comme une statue qui ne souffle pas, sans pouvoir le remer-cier. Dans le temps que je raconte tout cela à Mme Guillaume, notre maîtresse nous fait venir tous les deux devant elle.

Après bien des questions, et des oui, et des non, à cause

que Mme Allain n'avait jamais voulu avoir de ménage chez elle, enfin, il fut arrêté que ma femme coucherait dans la petite chambre, au-dessus de monsieur l'abbé, et moi, dans la mienne, à l'ordinaire, sur l'écurie.

Il me parut, à quelques paroles que dit mamselle Douceur, qu'elle n'était pas bien contente de voir Mme Guillaume dans la maison ; mais, comme on ne lui demandait pas son avis, c'était à elle à se taire. Cela n'empêcha pas notre femme de venir s'y installer quelques jours après ; et ce qui fit encore plus de peine à la chambrière, c'est que monsieur l'abbé fit manger Mme Guillaume à l'office ; et puis, quand elle fut près de son terme, on lui en portait dans sa chambre, à cause qu'elle pouvait se blesser en montant ou en descendant ; de façon qu'elle était bien choyée.

J'étais si aise de voir toutes ces bonnes manières, que je me serais mis dans la glace pour Madame, et dans le feu pour monsieur l'abbé, qui prenaient tant de soin de ma femme et de son fruit, qui fut une petite fille, qui vint un peu plutôt que Mme Guillaume ne croyait ; cela fit que Mme Allain ne lui donna qu'une petite layette de rien, au lieu d'une plus belle ; mais monsieur l'abbé dit à Mme Allain, qu'il n'y avait pas grand mal, parce que l'autre servirait pour le premier enfant qu'aurait notre femme.

Tout allait le mieux du monde dans la maison, où chacun était content, à l'exception de mamselle Douceur, qui me lâchait toujours quelques brocards en passant, sur Mme Guillaume, et monsieur l'abbé. À la fin, pourtant, cela me mit martel en tête ; de sorte que je me mis à les espionner pendant longtemps, sans rien voir de ce que disait mamselle Douceur, que je vis bien qu'elle n'était qu'une bavarde.

Un beau jour, elle crut avoir ville gagnée, en m'apportant une lettre d'amour de monsieur l'abbé, à ce qu'elle disait, et qu'elle avait vu tomber de la poche de ma femme ; elle me la lut plus d'une fois, depuis un bout jusqu'à l'autre, sans y rien comprendre de ce qu'elle voulait qui fut dedans, contre mon honneur ; et vous allez voir, qu'à la vérité, il n'y avait rien du tout de cela : car voilà que je vous la mets devant les yeux.

Ma très-chère sœur, je goûte enfin, avec une entière suavité, le fruit de la nouvelle vie dont j'ai eu le bonheur de vous enseigner la pratique ; et vous êtes prête d'entrer dans la perfection dont je vous ai vanté les douceurs ineffables. Je m'aperçois aussi, avec plaisir, que vous n'avez plus ces sécheresses, dont la privation ne vous causait, autrefois, que d'imparfaits embrasements de cœur ; sécheresses, qui nous faisaient mutuellement désespérer de parvenir jamais à cet état de béatitude, qui fait la récompense de la vie unitive, dont nos plus grands et plus profonds docteurs nous font un si beau portrait ; cependant comme je crois, et que je sais, par ma propre expérience, qu'il est bon quelquefois de s'éloigner des principes généraux, je ne saurais trop vous répéter, que pour faire cesser ces cruels combats, qui vous font ressentir encore les violentes secousses des tribulations intérieures, il faut un peu s'écarter du contemplatif, sans cependant le perdre de vue, pour donner quelque chose de plus à l'actif. Coopérez donc, dorénavant avec moi, ma très-chère sœur, à la perfection de ces douces extases, dont votre tiédeur vous a privée jusqu'à présent, malgré les soins que je me suis donné pour vous les faire goûter, dans leur entière plénitude.

Que trouvez-vous donc à cela, dis-je à mamselle Douceur, quand elle eut fini de lire ? Il n'y a pas là-dedans un seul mot, de ce que vous voulez me faire accroire. C'est vraiment un bel et bon sermon, et vous voulez que je me plaigne de ce que monsieur l'abbé veut bien prôner notre femme ? Non ferai, ma foi ; au contraire, je lui en aurai obligation, toute ma vie vivante.

Ah ! Puisque vous le prenez si bien, répondit-elle, il faut vous en donner encore un paquet ; vous m'avez l'air de le bien porter, pauvre M Guillaume ; que vous avez l'esprit bouché ! Vous n'entendez donc pas ce que ces termes-là veulent dire pour votre honneur ? Pour mon honneur, répondis-je ? Vous avez donc la berlue à l'esprit ? Allez, allez, Mlle Douceur, tant qu'on ne parlera que comme cela à ma femme, je n'ai pas peur de loger à l'enseigne de j'en tenons.

Tant mieux pour votre femme, et pour votre repos, M. Guillaume, me dit-elle ; mais si vous ne comprenez rien à ces mots-là, l'Abbé les lui fera bien entendre : le scélérat ! Je ne sais à quoi il tient que je ne l'étrangle : cet indigne ! Après ce qu'il m'avait promis... et tout de suite elle s'en va en jetant quelques larmes, qui ne laissèrent pas que de me donner à penser, que monsieur l'abbé lui avait peut-être promis plus de beurre que de pain.

J'ai eu cette idée-là dans la pensée, pendant plus de huit jours ; mais une chose, que j'aperçus, au bout de ce temps-là, me fit venir toute autre chose dans l'esprit, tant sur elle, que sur Mme Guillaume.

Un matin que j'étais dans mon grenier à l'avoine, pour la remuer, comme c'est la manière dans les cochers, pour empêcher qu'elle ne s'échauffe, je vis de dedans un coin, où j'étais par la fenêtre, M. Évrard qui était en robe de chambre auprès du lit de Madame, et qui lui parlait de bien près à l'oreille, de façon que je ne voyais pas leurs mains, ni à l'un, ni à l'autre ; cela fit que je me douta de quelque chose, avec autre chose d'une autre fois, qu'il raccommodait la jarretière de Madame, couchée sur sa duchesse.

Cela me donna de la curiosité de voir mieux ; mais comment faire ? On pouvait me voir par la fenêtre. Je songe en moi-même que Madame m'avait ordonné d'aller, tous les matins, savoir si elle se servirait de ses chevaux. C'était une bonne invention pour me couler chez elle, comme je fis tout bellement. Je ne rencontre âme qui vive jusqu'à la porte de la chambre, qui était entrebâillée ; de façon que je ne voyais d'un oeil, dans un miroir vis-à-vis, que la moitié de ce qui se passait sur le lit ; mais en récompense, j'entendais tout ce qui s'y parlait, et c'était Mme Allain qui, dans ce temps-là, disait à M. Évrard : à quoi, mon cher Abbé, dois-je attribuer la froideur, pour ne pas dire l'indifférence, que vous me faites éprouver depuis quelque temps ? Moi, froid ! Moi, indifférent ! Répondit-il ; je ne fus jamais plus épris, plus charmé, et plus en état de répondre aux bontés dont vous m'accablez ; et il fallait que cela fut comme il le disait, car ils ne parlaient plus, ni l'un ni l'autre, que par des paroles entrelardées de soupirs et de ha ! Ha ! Où je ne comprenais rien ; c'est pourquoi j'allais me retirer, quand mamselle Douceur arrive, qui me demande ce que je veux. Savoir si Madame sortira ce matin, lui dis-je ; mais je n'ai pas osé entrer, parce que je crois qu'elle est avec monsieur l'abbé, en conversation sérieuse, qui ne regarde qu'eux d'eux. Passe encore pour elle, répondit en grognant la chambrière ; mais pour une autre, il me le paiera, ou je ne suis pas fille. Allez, M Guillaume, continua-t-elle, je vous ferai avertir si Madame a besoin de vous ; mais apprenez toujours de moi, en passant, qu'il ne faut pas se fier aux petits collets.

Je compris bien, par ces paroles, ce que mamselle Douceur voulait me faire entendre à son sujet, comme à celui de Madame ; mais je ne pouvais pas me fourrer dans la caboche, qu'un Abbé était capable de ces sortes de choses-là, envers la maîtresse et la servante ; qu'il y en avait assez d'une des deux, pour un homme tout seul : et ce qui me passait encore, c'est que cette petite langue de serpent voulait me faire croire, comme à un glaude, que Mme Guillaume avait part au gâteau ; d'autant plus que je savais bien encore, par moi-même, que ma femme n'était pas trop sur sa bouche de ce côté-là, et puis, d'ailleurs, que la lettre qu'il lui avait écrite, ne parlait pas du tout comme ce qu'il disait à Madame.

Les jours allants et venants, comme dit l'autre, il arriva, pourtant à la fin, que mamselle Douceur savait mieux que moi ce qui la regardait du côté de monsieur l'abbé, qui n'en agit pas bien avec elle dans cette occasion-là ; ce qui la fit aller aux oreilles de Madame, qui ne fit semblant de rien, pendant quelque temps, pour mieux jouer son jeu, comme vous verrez par après.

À l'égard de mamselle Douceur, elle disait, de son côté, qu'elle allait voir ses parents dans son pays ; mais il y avait des gens de la maison qui savaient bien qu'elle allait être pigeon dans le colombier d'une sage-femme.

Mme Guillaume prit sa place de chambrière auprès de notre maîtresse, qui la fit coucher tout auprès de sa chambre, à porte ouverte, à cause que depuis un certain temps, elle s'imaginait de voir des esprits la nuit, dont elle avait peur ; et c'était pour la rassurer, car elle ne s'en rapportait pas à monsieur l'abbé, qui disait qu'il n'y avait jamais eu de revenants que dans la tête des bonnes femmes. Je n'étais pas trop content de ce change-ment-là, qui m'empêchait d'aller voir ma femme, comme je faisais quelquefois dans la petite chambre. Je fis enfin tant, par mon esprit, que bien souvent, la nuit, j'allais la trouver dans son lit, par le petit escalier borgne ; et je décampais toujours dès le grand matin, pour aller panser aussi mes chevaux.

Un jour pourtant, je ne sais comment cela se put faire, je m'étais endormi si fort, que je ne songeai pas à me lever, à l'ordinaire, au point du jour, que je voyais venir par la fenêtre, dont je ne tirais pas le rideau ; comme il avait fait bien chaud pendant toute la nuit, je m'étais mis à l'air, sur le bord du lit, comme quand on sait bien que personne ne nous verra.

En me réveillant, j'entends du bruit dans la chambre de Madame, comme de quelqu'un qui marcherait : aussitôt je vois par le pied du lit, que c'est Mme Allain, rien qu'avec sa chemise, qui entre où je suis ; me voyant pris, comme un renard dans un bled, je m'avise de faire le dormeur, et je fais semblant de ronfler, sans remuer ni pied ni patte, tant que Madame fut sur sa chaise percée, qui était dans un coin de la chambre, tout vis-à-vis de moi. On sait bien qu'une femme veuve a été mariée, et qu'elle n'est pas apprentisse ; c'est ce qui me fit rester comme j'étais, sans changer de posture, ni sans faire semblant de me réveiller, pour n'avoir pas la peine de lui faire des excuses : après tout, m'aurait-elle fait un péché d'être couché avec ma femme ? Sitôt qu'elle fut partie, je m'en allai aussi à mon ouvrage, comme à l'ordinaire, et tout se passa ce jour-là, à l'accoutumée.

La nuit d'après, en voulant aller voir Mme Guillaume, je trouve la petite porte fermée. Ce qui me fit penser que c'était par ordre de Madame, qui ne voulait pas que je couche avec ma femme. Cela ne me fit pas trop de plaisir. Je frappe tout doucement à la porte ; mais notre femme ne m'ouvrait pas, je pense qu'elle est dans son premier somme ; c'est pourquoi je m'en retourne avec si peu de poisson que j'ai pris.

Le lendemain, comme j'étais après mes chevaux à cinq heures du matin, je vois Madame à sa fenêtre, qui me fait signe de monter par le grand escalier : elle ouvre toutes les portes elle-même, et parce que j'avais mes escarpins d'écurie, elle me les fait laisser dans l'antichambre, pour ne pas faire du bruit.

Je ne savais que penser de tout ce manège : car elle n'avait qu'un petit cotillon tout court ; mais elle me dit : si tu me promets de ne rien dire de ce que je vais te faire voir, tu auras tout lieu de te louer de moi. Je lui promis tout ce qu'elle voulut, et elle me mena tout au travers de sa chambre, dans celle de ma femme, que je vis dans son lit, et monsieur l'abbé étendu auprès d'elle, qui dormaient tous les deux.

Cette vision-là me surprit si fort, que quand je n'aurais pas promis à Mme Allain de ne rien dire de ce que je venais de voir, je n'aurais pas pu souffler le mot : ma maîtresse m'entraîna jusque dans l'antichambre, dont elle ferma les portes sur nous, et puis elle me dit : eh bien ! Guillaume, que penses-tu de ce que tu viens de voir ? Ah ! Madame, lui répondis-je, je ne m'y serais pas attendu ; cela est bien vilain pour un homme de cet habit-là. Je n'oserai peut-être pas lui toucher, à cause de son caractère ; mais pour ma femme qui n'en a point, je vous la rosserai, qu'elle dira bien vite holà ! Il n'en sera ni plus ni moins, mon pauvre Guillaume, dit-elle ; et l'éclat que tu ferais, apprendrait à tout le monde, ce qu'il est bon qu'il ignore pour ton honneur et celui de ma maison : mais ne t'inquiète de rien, je sais les moyens de te venger, et tu verras, dès aujourd'hui, comment je m'y prendrai. Achève de panser tes chevaux, et sur les neuf heures tu iras dire au révérend père Simon, que je le prie de venir dîner ici aujourd'hui.

Et qu'est-ce que fera, Madame, lui dis-je, le père Simon à tout cela ? Me remettra-t-il l'honneur sur la tête, à la place de ce que ce chien de monsieur l'abbé y a planté ? À présent, voyez-vous, je ne me fierai ni à prêtre, ni à moine. Tu feras bien, répondit Madame, je suis bien revenue des uns et des autres : mais, exécute toujours ce que je t'ordonne ; je te donne ma parole, mon cher Guillaume, que dans peu nous serons débarrassés de ce coquin d'Abbé ; tu auras le plaisir de me le voir mettre à la porte : vous feriez bien d'y mettre aussi ma carogne de femme, lui répondis-je. Cela n'en serait peut-être pas plus mal, répliqua-t-elle : mais prends patience, tout ira bien ; j'espère trouver les moyens de te guérir bientôt du mal que je viens de te faire, en te découvrant la conduite de ta femme ; tu verras que ce sera un mal pour un bien : attaches-toi à moi, et je ferai ta fortune : je te tirerai de l'écurie pour te faire mon valet-de-chambre. Je ne serai pas la première femme qui se sera servie d'un grand brun comme toi : ne dis rien de tout ceci à personne, et me laisse faire. Là-dessus elle me fait sortir, et rentre dans sa chambre.

On a bien raison de dire, qu'il n'y a rien qui guérisse de tout mal, comme le bien : car la pensée seule de la fortune, que venait de me promettre Mme Allain, me fit presque oublier ce que je venais de voir : et puis d'ailleurs, quand votre femme a été capable de faire de ces écarts-là, cela diminue tellement la bonne opinion que vous devez toujours avoir d'elle, quand ce ne serait que pour vous-même, qu'il paraît qu'on ne se soucie plus qu'elle s'écarte ou non de son devoir, parce qu'elle ne vaut pas la peine qu'on l'estime, quand elle ne le mérite plus ; et qu'on est indifférent pour les choses, dont on a raison de ne plus s'embarrasser.

Je me mis donc à prendre mon parti là-dessus, et cela fut bientôt fait, car j'y allais de bon cœur : je n'avais plus d'envie que de voir ce qu'allait opérer le père Simon, quand il serait venu pour dîner, comme il l'avait promis, quand je lui en avais parlé.

À son arrivée, monsieur l'abbé Évrard fit une moue longue d'une aune ; car c'était sa bête : on se met à table, sans que Madame s'embarrasse de la mine de l'Abbé, qui se mit à astico-ter le moine pendant le dîner, et il lui répondait bravement sur toutes les choses qu'il mettait en avant, pour disputer ; d'autant plus que Madame était du côté du révérend, contre son ordi-naire, ce qui fit que la moutarde monta au nez d'Évrard qui jette sa serviette, et s'en va comme un fou, bouder dans sa chambre.

Cela fit un esclandre, que tout le monde qui était-là, nous ne savions qu'en penser ; mais, Madame prit tout d'abord la balle au bond : Guillaume, me dit-elle, allez dire à M. Évrard, que puisqu'il reconnaît si mal l'honneur que je lui fais, en l'ad-mettant à ma table, et qu'il y manque de respect aux gens que je considère, il me fera plaisir de n'y plus paraître dorénavant.

Quand on m'aurait donné de l'argent, Madame ne m'aurait pas fait plus de plaisir que de me charger de cette commission, que je vais vous lui faire tout chaud. Ne t'aurait-elle pas aussi chargé, me répondit l'Abbé, de me dire de sortir de chez elle ? Non, lui repartis-je ; mais cela pourrait bien arriver sans miracle : quand on est chassé de la table, on ne met guère à l'être de la maison. Ces derniers mots que j'avais ajouté de mon crû, et à cause de la bonne amitié que je lui portais, le mirent dans une colère qui me fit un grand plaisir : je crus qu'il m'allait battre, et je l'aurais bien voulu voir ; car je lui aurais rendu de bon cœur sur le dos, le bois qu'il m'avait mis sur la tête.

Sur le soir, l'Abbé envoya demander à Madame, si elle voulait bien lui donner jusqu'au lendemain pour lui rendre compte de ce qu'il avait à elle : et Mme Allain lui fit répondre, qu'elle le voulait bien. De sorte que le jour d'après, il rendit son compte tant bien que mal : mais Madame était si aise de s'en voir dépêtrée, qu'elle ne prit pas garde à bien des petites choses, qui ne laissaient pourtant pas que d'être de conséquence.

Ses meubles furent bientôt emportés ; car il n'en avait pas ; ceux de sa chambre appartenaient à la maison : à la fin il partit, et il n'y eut ni petit ni grand qui n'en fût bien aise, à l'exception de Mme Guillaume, qui ne faisait pourtant semblant de rien, mais qui n'en pensait pas moins ; car la bonne bête fit un trou à la lune deux jours après, qu'elle m'emporta ce que j'avais de plus beau et de meilleur pour courir après son Abbé. Il faut qu'ils soient allés bien loin, car je n'en ai jamais eu ni vent, ni voix depuis, et je m'en soucie comme de Colin-tampon.

Mme Allain me donna le double pour le moins de ce que ma femme m'avait emporté, ce qui fit que je fus encore plutôt consolé. J'eus commission de lui chercher une femme-de-chambre et un cocher, et je lui donnai tous les deux à ma poste.

Quoique je ne savais lire, ni écrire, ni chiffrer, je pris ses affaires en main pour gouverner le ménage, comme avait fait l'Abbé ; en sorte que tout le monde m'appelait M Guillaume, gros comme le bras, dans la maison.

Un matin qu'elle était dans son lit, et que je lui rendais compte de quelque chose, elle me va dire : tu vois, Guillaume, que j'ai beaucoup de confiance en toi ; j'espère que tu ne me trahiras pas comme ce fripon d'Évrard. Oh ! Pour cela non, Madame, ce lui fis-je, car il faudrait que je fusse un grand misérable ; et là-dessus je lui baise la main d'un bras qu'elle avait hors du lit.

Comment donc, dit-elle, tu es galant ? Oh ! Madame, répondis-je, je voudrais être aussi galant que vous êtes belle, afin de vous être autant agréable : mais, sais-tu bien, reprit-elle, que tu me fais une déclaration d'amour, et que je devrais m'en fâcher ? Qu'est-ce que cela vous avancerait, dis-je, à mon tour ? Il n'en serait ni plus ni moins, et il vaut mieux que vous soyez bien aise que fâchée. Je sais bien qu'un homme de mon acabit n'est pas digne que vous correspondiez à son dire ; mais si vous aviez cette bonté-là, vous ne vous en repentiriez pas par la suite. Je le veux croire, répondit-elle, ou je serais fort trompée, ou tu es un honnête homme ; mais ce n'est pas encore assez, il faut être discret.

Oh ! N'ayez pas peur ; allez, Madame, lui dis-je, je suis muet comme une carpe quand il le faut. Là-dessus elle se mit à rêver, et moi à prendre sa main, puis son bras ; en sorte que je découvre la couverture, à l'endroit de son sein, qui était blanc comme de la neige. Je me hasarde à mettre un doigt dessus un, et puis toute une main, ensuite les deux sur les deux ; comme elle rêvait toujours, sans que cela la fît revenir en rien, je me hasarda, de lui prendre un baiser. Oh ! C'est cela qui la fit revenir : retire-toi, Guillaume, dit-elle, en se mettant à son séant, tu es trop hardi, ou je suis trop faible.

Eh bien ! Madame, repartis-je, laissez faire à ma hardiesse et à votre faiblesse. Cela fera que nous aurons tous deux contentement : non, répondit-elle, aussi-bien j'entends ma femme-de-chambre : retire-toi, et surtout songes que tu ne peux me plaire, que par la discrétion. Et comme la femme-de-chambre venait véritablement, je dis à Madame, en me retirant, que sur ce pied-là, je comptais que mon affaire était dans le sac.

Je ne lui avais parlé, et fait ce que je viens de dire, que parce que j'avais reconnu qu'elle avait de la bonne volonté pour moi, depuis un certain temps. Cela se déclara bien mieux le lendemain, que nous mîmes toutes nos flûtes d'accord, pour vivre, par la suite, d'une bonne amitié parfaite avec toutes sortes de circonstances, les meilleures et les plus agréables ; sans que qui que ce soit, s'en soit jamais aperçu au point que c'était.

Cela a duré, de cette façon, pendant plus de près de dix ans, qu'elle m'a fait le bien dont je vis à présent à mon aise : après ce temps-là, cette bonne Dame mourut, en me laissant encore quelque chose par testament, de même qu'à ses autres domestiques.

Depuis sa mort, je suis à la campagne auprès de Paris, d'où j'ai appris du maître d'école, à écrire, et lire dans les livres, qui m'ont fait venir l'envie d'en faire un à mon tour, comme je vois que tout le monde s'en mêle.

Si ces quatre histoires-là ne déplaisent pas au public, elles ne déplairont pas à d'autres, à coup sûr : cela m'encouragera ; et qu'est-ce qui m'empêcherait après cela, de tomber dans le bel esprit ? De plus, que sait-on ce qui peut arriver dans le monde ? Je ne suis pas plus gros qu'un autre ; et puis d'ailleurs, la porte de l'académie n'est-elle pas belle et grande ? En tout cas, qu'est-ce qu'on peut me reprocher ? Que j'écris comme un fiacre, il y en a bien d'autres qui écrivent de même ; et si pourtant ils ne l'ont jamais été ?

Fin de l'histoire de M. Guillaume.

Le libraire à qui a lu

À la fureur d'écrire, a succédé celle d'être imprimé ; et le bon M. Guillaume, mon voisin de campagne, ne m'a pas donné de cesse, que je ne lui aie promis d'employer ma typographie, au service de son ouvrage. Comme j'ai eu, dans le commencement, assez de peine à entrer dans mes bottes, l'envie qu'il avait de paraître, en personne, au grand jour du lumineux théâtre de l'impression, l'a porté jusqu'à m'offrir de l'argent pour parvenir à cela ; mais le désintéressement dont nous nous piquons, dans la librairie, m'a fait rejeter cette offre scandaleuse, avec une espèce de sainte horreur, à cause, non-seulement parce que je craignais l'appréhension de me voir exposé aux justes reproches de mes confrères les libraires, mais, encore même, parce qu'une bonne conscience, bien timorée, ne souffre pas certaines bassesses, dans celui qui en est revêtu.

Parmi, et entre le fatras immense des histoires dont ce recueil est composé, j'ai choisi les quatre que vous venez de lire, cher ami lecteur ; j'en ai corrigé le style en extirpant les broussailles dont elles étaient remplies depuis un bout jusqu'à l'autre. J'ai rectifié de mauvaises inversions, dures, rendues moins louches ; des tournures amphibologiques et corrigé un très-grand nombre de mots, qui ne m'ont paru tout-à-fait dignes de la pureté de la langue française, tel que nous avons l'avantage de la parler, au jour d'aujourd'hui.

Enfin, je crois avoir mis lesdites quatre histoires en état d'être lues agréablement par un public éclairement judicieux, d'un goût délicat, et d'une juste finesse de discernement.

Je pourrais même dire, que c'est un petit service essentiel que j'ai déjà rendu, sans rougir, à plusieurs de messieurs nos plus célèbres auteurs, qui ne s'en sont pas trouvé beaucoup plus mal, et de même que leurs œuvres, que j'ai eu l'honneur d'imprimer.

Si je n'ai pas réussi, pour cette fois, on dira du moins, à ma louange :... etc.

Au surplus, comme mon talent n'est pas de me piquer d'écrire, et que je ne cherche pas à cacher, sous une feinte modestie apparente, le service que je crois avoir rendu à notre littérature, en me donnant pour l'éditeur de ce petit ouvrage, dont je déclare, à la face du public, que je ne suis point, en aucune façon quelconque, l'auteur aussi caché qu'anonyme.

Table des matières

www.ingramcontent.com/pod-product-compliance
Lightning Source LLC
La Vergne TN
LVHW050929200726
843508LV00011B/2298